AF396827

MON VOYAGE

AU

PARNASSE.

DE L'IMPRIMERIE DE RICHOMME.

MON VOYAGE

AU

PARNASSE.

PAR L. de M.....

Soyez plutôt maçon si c'est votre talent.
BOILEAU.

A PARIS,

Chez {
MARCHANT, Lib.re. Palais du Tribunat.
Arthus BERTRANT, quai des Augustins.
MARTINET, rue du Coq.
DESENNE, au Palais du Tribunat.
}

1806.

VOYAGE

AU

PARNASSE.

~~~~~~~~

A QUOI penses-tu donc, Auguste? Depuis une heure tu ne
dis mot. Médites-tu quelque plan
de fortune? — Fi donc! je m'occupe d'un voyage, dont tu seras,
si tu le veux, et tu le voudras,
quand je t'en aurai dit le but. —
N'en eût-il d'autre pour moi que
le plaisir de te suivre, cela me
suffit. Où allons-nous? — Au
Parnasse. — Tu plaisantes! —
Non, du tout. — Quoi! je vais
aller au Parnasse! — Assuré-
ment. — Je ne m'en doutois pas.
~~~~~~~~

Mais, y penses-tu, mon ami? sommes-nous de force à prendre un vol aussi hardi? — Pour un homme qui fait de si jolis couplets, tu es bien timide. — Pour un homme qui n'a jamais enfanté que quelques contes, tu es bien audacieux. — C'est le cachet du génie. — Je me rends. Ton génie réussira peut-être à échauffer le mien.

Je cédai avec la confiance que nous faisions une sottise, et bien résigné d'avance à rester en route, mais me promettant secrètement de tout observer, et d'en faire mon profit.

Nous n'eûmes pas plutôt pris cette folle résolution, que mon indiscret ami en fit part à toutes les personnes de notre connois-

sance. Les femmes nous encou-
ragèrent; il n'en fallut pas davan-
tage pour achever de nous tourner
la tête. Elles nous promirent une
moisson de lauriers ; le projet seul
méritoit une couronne. Rien de
si facile, nous disoient-elles ; vous
avez tout ce qu'il faut pour réussir..... et bien mieux que tels
et tels, dont on parle tant. Les
hommes nous donnèrent aussi
leur part de louanges : mais c'étoit
avec un ton d'ironie qui ne m'é-
chappa point ; on sourioit, on se
regardoit. Ne vois-tu pas que c'est
l'envie qui tourmente ces messieurs, me dit tout bas Auguste,
ils sont jaloux de la gloire que
nous allons acquérir. Mon amour-
propre adopta volontiers cette
pensée.

Nous partîmes, encouragés par mille applaudissemens, et presqu'aussi impatiens l'un que l'autre de toucher à cette terre, qui pour beaucoup n'est rien moins que la terre promise.

Nous trouvâmes d'abord un chemin facile, un pays charmant. Bientôt il devint moins riant; la route même nous parut moins fréquentée. De distance en distance nous appercevions de grands obélisques, en marbre du plus beau blanc, chargés d'inscriptions soutenues par la renommée et par la gloire. Elles y avoient gravé les noms les plus fameux; Corneille, Racine, plus loin, Molière, Regnard, et mille autres; chacun devine les noms qui étoient réunis. Ils ont passé ici, nous disions-

nous, et nous marchions avec
une ardeur inconcevable ; l'idée
de suivre les traces de ces grands
hommes soutenoit notre courage.

Nous rencontrâmes un voyageur qui étoit arrêté sur le bord
de la route : sa mise étoit plus que
modeste. Nous jetâmes sur lui un
coup-d'œil rapide et dédaigneux,
et répondant par une inclination
légère au salut qu'il nous fit, nous
allions le laisser derrière nous,
quand nous nous entendîmes
apostropher. Camarades ! nous
crioit-il en riant, où courez-vous
donc si vite ? Le nom de camarades nous parut si déplacé, dans
la bouche d'un homme d'aussi
mince apparence, que nous re-
gardâmes d'abord autour de nous
pour voir si ce n'étoit pas à quel-

qu'autre qu'il l'adressoit. C'est à vous, c'est à vous, continua-t-il, que je parle. Le mot de camarades vous choque! Si vous êtes si susceptibles, n'allez pas plus loin. Quelle mine ferez-vous donc, quand vous serez aux prises avec les critiques? Et de quoi vous plaignez-vous? ne sommes-nous pas du même métier? l'habit n'y fait rien. Je vois à votre allure que vous êtes novices sur cette route; si vous voulez ralentir un peu le pas, nous causerons en cheminant.

Cet homme a l'air original, me dit Auguste, il faut nous en amuser. Il venoit à nous: nous l'attendîmes.

Peste! dit-il, en nous toisant à son tour; quelle mine pour des auteurs ! Il paroît que ce n'est pas après la fortune que vous courez. Que venez-vous donc faire ici ?— Ce qu'y viennent faire tant d'autres ; nous amuser , satisfaire notre curiosité ! Mais, si vous allez si vîte, vous ne ferez aucunes remarques. — Eh ! que voulez - vous que nous remarquions ici ? la vue ne rencontre rien. — Voilà précisément le talent, c'est d'appercevoir quelque chose là où les autres ne découvrent rien. C'est alors que l'on est admiré ! Croyez - moi ; arrêtez-vous , tirez vos tablettes, et commencez une description. — Cette route est si connue que nous passerons pour des fous. — Pour des fous ! vous ne connoissez guères les hommes ! vous crierez plus

fort que ceux qui vous contredi-
ront, et par cela seul vous serez
crus. Vous passerez pour des
linx, et les autres passeront pour
des taupes. Vraiment vous vous
embarquez avec trop de bonne
foi. De l'humeur dont je vous vois,
vous êtes gens à ne dire que ce
que vous verrez, et à ne terminer
votre voyage que quand vous serez
arrivés. — Mais oui; c'est-là notre
but. — Un but, un but ! Précisément voilà ce qu'il n'est plus de
mode de se proposer. Avec cette
régularité vous ne pourrez vous
permettre aucun écart ; plus d'a-
bandon, plus d'originalité dans le
style ni dans les idées, plus d'intérêt ; personne ne vous lira. J'ai
commencé comme vous, avec la
même candeur, avec les mêmes

intentions ; j'ai fait vingt fois le voyage ; à mon retour je ne trouvois ni libraires, ni lecteurs. Aussi m'en suis-je corrigé. Il faut bien s'accommoder à l'humeur de son siècle. A présent j'annonce mon départ avec fracas ; je fais l'énumération de toutes les provisions dont je me suis muni, de toutes les machines que je compte employer ; en un mot, j'annonce un voyage de découvertes : je pique la curiosité, j'éveille l'intérêt. Enfin je pars en faisant presque mon testament : mais, aussitôt que l'on m'a perdu de vue, je m'arrête et j'écris tout ce qui me passe par la tête ; seulement j'ai soin que ce soit bien incroyable, bien extraordinaire ; puis, quand la faim commence à me gagner, je

reviens un beau matin tout es-
soufflé ; on se presse autour de
moi, on m'interroge, je raconte ;
et je n'ai jamais qu'un regret, c'est
d'avoir cru mes auditeurs moins
fous qu'ils ne le sont. Encore deux
ou trois voyages, et ma fortune est
faite : mais je me dépêche ; car
nous sommes menacés de voir le
public devenir plus sage. J'ai con-
servé l'habit que vous me voyez,
afin que l'on me croye plus occupé
d'acquérir de la gloire que de
m'enrichir. — Vous nous donnez
là des recettes merveilleuses. —
Ah ! j'ai eu des confrères encore
plus adroits. Persuadés qu'ils é-
tonneroient bien autrement, s'ils
quittoient la terre pour voyager
dans le ciel, ils avoient établi là
haut le siége de leurs rêveries et

de leurs extravagances. Les uns faisoient la guerre aux dieux, les autres apportoient pour nouvelle qu'il n'y en avoit jamais eu ; jugez si la matière étoit riche ! ils composoient une création, ils donnoient une constitution au monde : rien ne leur coûtoit.

Il ajouta beaucoup d'autres choses, dont nous rîmes avec lui de bon cœur. Vraiment il ne suffit pas de rire, continua-t-il ; êtes-vous déterminés à m'imiter et à vous arrêter ? Mais je vois que non. Alors, seigneurs chevaliers, puisque vous êtes résolus à chercher les aventures, je vous souhaite un bon voyage, et sur-tout du courage. — Il semble que vous parliez au héros de la Manche. Voudriez-vous nous faire croire que nous aurons à combattre *des géants et des enchanteurs*. — Bien pis que cela : peut-être aurez-vous affaire *aux autruches et aux yaugois*. — Au retour nous vous en dirons des nouvelles ; adieu. — A propos, avez-vous chacun fait choix d'une dulcinée ? cela n'est pas moins essentiel dans l'état de poète, que dans celui de chevalier errant. Quand ceux-ci n'ont rien à faire, ils rêvent à leurs princesses ; quand ceux-là n'ont rien à dire, ils parlent à leurs belles. — Adieu, adieu. Nous étions déjà loin.

Les obélisques se succédoient: à peine l'un étoit-il passé, que nous en apercevions un autre, *et* le desir de voir les noms qui y étoient gravés doubloit l'impa-

tience que nous avions de l'atteindre. C'est singulier, me dit
mon ami! je ne trouve pas autant
de noms de personnes de ma con-
noissance que je l'aurois cru! —
Apparemment que les noms des
auteurs vivans sont tous sur un
même obélisque. — Mais non,
ajouta-t-il; au-dessus de Molière, de Regnard, j'ai distingué..
— Tu vois donc bien. — Oui, mais
alors, pourquoi au-dessous de
Corneille, de Racine, n'ai-je pas
vu?... Cette réflexion me frappa
comme lui; mais nous pensâmes
que, peut-être, nous n'avions pas
regardé assez bas.

La première journée se passa
ainsi. Nous délibérâmes quel
genre nous prendrions : car nous
nous trouvions les plus heureuses

dispositions ; et en nous rappelant les éloges que nous avions reçus dans plusieurs occasions, nous n'éprouvions que l'embarras du choix. Nous changions presque toujours de projet, d'un obélisque à l'autre. A chaque nouveau nom c'étoit celui du poète que nous voulions égaler. Nous critiquions alors ceux que nous laissions derrière nous : rien n'échappoit à notre censure ; à la finesse et à la justesse de nos remarques, nous nous croyions sûrs d'atteindre facilement la gloire que nous disputions à nos maîtres.

La nuit vint cependant sans que nous eussions eu une pensée étrangère à notre voyage. Je fus le premier à avoir une distraction. A propos, dis-je à mon ami, comme revenant d'uu long rêve, sais-tu que j'ai faim? — Faim! tais-toi donc. Est-ce qu'il faut penser à cela? Nous mangerons quand nous serons arrivés. La gloire, l'espérance doivent nous soutenir. — Quand nous serons arrivés! c'est consolant. Connois-tu le terme du voyage? moi je sens que je touche à celui de mes forces!

Il se fit alors entre nous un moment de silence, et nous continuâmes à cheminer sans mot dire. L'instant d'après Auguste fit un soupir.... Je l'entendis. Eh bien! que dis-tu? Diable soit de tes réflexions, me répondit-il d'une voix altérée; je ne pensois à rien, et tu es venu avec ta faim réveiller toute la mienne. Parbleu, ceux qui se sont donné la peine de construire tous ces perfides obélisques, auroient bien pu faire bâtir un gîte pour les voyageurs. — Ou au moins indiquer où l'on en trouve ? — C'est vrai : ils ne nous disent pas ce que faisoient, en pareil cas, les grands hommes qui nous ont devancés. — Ils ne soupoient peut-être pas ! ! — Peu m'importe, je n'ai pas envie de les imiter. — C'est bien dit : mais pas une maison... pas une cabane.... Je ne vois autour de nous qu'une plaine immense, couverte seulement de fleurs et de lauriers.

Je ne pus m'empêcher de faire quelques remarques amères sur tous ces lauriers, et d'observer que le souper que nous avions

abandonné étoit bien plus solide.
Cette réflexion fut suivie de quelques autres tout aussi matérielles,
dont mon pauvre compagnon sen-
toit comme moi la vérité, et qu'il
n'osoit plus contredire.

Son silence me désarma; c'étoit
lui qui m'avoit entraîné; mais je
n'en vins pas aux reproches; je le
voyois aussi à plaindre que moi.
Allons, allons Auguste, lui dis-
je, en montrant plus de résolution
que je n'en avois moi-même! du
courage! tâchons au moins que
notre esprit nous reste tout en-
tier. Que sait-on! peut-être sou-
perons-nous mieux que tu ne
penses. Invoquons Apollon, il
n'abandonnera pas ses enfans. —
Songe donc, disoit Auguste entre
ses dents, que nous ne sommes

pas encore légitimés. — Tant mieux ; nous n'en serons que plus heureux.

Cependant la nuit achevoit de nous envelopper de ses ténèbres. Il étoit trop tard pour reculer. Mourir en revenant ou en allant !... Au moins nous voulions, comme de braves soldats, tomber la figure tournée du bon côté. Heureusement nous ne devions pas finir là. Sur cette route on risque d'avoir par fois grande faim : mais on n'en meurt pas toujours.

Nos forces commençoient à nous abandonner ; nous marchions la tête penchée, et avec peine, quand en soulevant machinalement les yeux, j'aperçus une légère lueur sur la droite. Mon cœur battit si

(23)

vivement, que j'eus peine à re-
trouver l'usage de la voix. Auguste! Auguste! fut tout ce que
je pus dire, en lui montrant cette
heureuse lumière, que je trem-
blois de voir disparoître, et que
je n'osois perdre de vue.

L'espoir nous rendit toute notre
vigueur. En un instant nous fûmes
à la porte d'une très-jolie maison.
Je frappai en affamé. Qui êtes-
vous, me dit un homme âgé, en
entr'ouvrant la porte? Deux pauvres jeunes gens, lui dis-je, ac-
cablés de fatigue et de besoin. Par
quel hasard, mes amis, ajouta-t-il
avec bonté, errez-vous si tard, et
sans guide dans cette campagne?
—Hélas! nous croyions, monsieur, pouvoir arriver ce soir au
Parnasse; mais... Ah! ces mes-

sieurs vont au Parnasse, reprit-il d'un ton ironique, et il nous ferma la porte au nez. Que faites-vous, lui criai-je avec l'accent du désespoir! si vous nous repoussez nous sommes perdus. — Y pensez-vous? pour des poètes, un voyage sans événement seroit sans intérêt. — De grace, monsieur; ne vous faites pas un jeu cruel de notre position! — Pas mal, pas mal, continua l'impitoyable homme; vous vous exprimez assez bien, le récit de l'aventure sera intéressant, vous verrez qu'il fera votre fortune. — Eh! monsieur, nous nous repentons trop de notre folie, pour qu'il vous soit permis de nous accabler d'un aussi affreux persifflage. C'est trop fort, dit-il en m'interrompant : il faut

de la gaîté… sans quoi vos confrères vous renieront. Est-il pos-
sible que vous laissiez prendre
tant d'empire à la *bête?* interrom-
pre, pour manger, un voyage
entrepris pour la gloire!!! Voyez
un peu à quoi vous vous exposez!
car je suis sûr que, si dans ce
moment vous apperceviez d'un
côté le mont sacré, et de l'autre
une table bien servie, vous lais-
seriez Apollon et les muses pour
courir vous asseoir au milieu de
tous ces ignorans, de ces gens
simples, qui ont, à cette heure-
ci, la sotte habitude de souper au
lieu de courir les champs.— Monsieur, lui cria mon ami, vous
pouviez nous refuser : mais joindre l'insulte au refus, c'est le trait
d'un lâche. — Quoi! des injures!

je vois bien qu'il faut que je me
justifie. Il est de fait que dans ce
moment je me moque de vous ;
mais c'est pour éviter que vous ne
vous moquiez de moi. Si je vous
avois accueillis, je suis sûr que
vous ne vous seriez pas refusé le
plaisir de tourner en ridicule mes
manières , mon langage , mes
idées , mon logement ; je vous
aurois fourni, pour votre voyage ,
un épisode charmant, et tout, jusqu'à mon vin , auroit été le sujet
de quelques railleries piquantes.
C'est ce qui fait que vous n'en
goûterez pas. Je ne doute pas de
votre bon naturel ; mais votre
métier m'est suspect. Serviteur ,
je n'ose pas recevoir des gens qui
vont au Parnasse ; ce sont trop
grands messieurs pour moi. Re-

mettez-vous en route, vous trou-
verez peut - être des sots qui se-
ront très-flattés que vous vouliez
bien vous moquer d'eux en reconnoissance des services qu'ils vous
auront rendus. Recommandez-
vous à tous vos dieux, et salut.
Les dieux d'un poète sont les
dieux de la fable ! ! !

L'indignation que nous causa
le procédé étrange de cet homme,
fit taire en nous tout autre senti-
ment, et par là nous préserva du
désespoir. Nous continuâmes à
marcher au hasard : mais à peine
avions-nous fait quelques pas,
qu'une autre habitation se présenta devant nous. Frapperons-
nous, me dit Auguste ? irons-nous
encore nous exposer à de nou-
veaux outrages ? Il le faut bien,

repris - je en soupirant ! Que devenir ? je vois que dans notre métier, l'on doit souvent mettre l'amour-propre de côté, et sourire quand on enrage. Je ne m'étonne plus que nos messieurs soient si fiers, si insolens dans certaines occasions : ils se vengent de ce qu'ils ont éprouvé dans beaucoup d'autres.

Nous étions cependant à la porte de la nouvelle habitation ; elle se trouva ouverte, à notre grand étonnement. Encore deux affamés ! dit un laquais en nous voyant entrer. Ah ! mon dieu, ceux - là n'ont pas mangé de quinze jours. Je vous demande pardon, mon ami, répondis-je en rougissant : mais nous sommes égarés, et je vous prie de me dire si nous ne

pourrions pas nous rafraîchir ici ?
Que veulent ces messieurs , dit
au premier un autre homme avec
une espèce d'autorité ? Qui sont-
ils ? — Eh ! ne le voyez-vous pas
à leur mine ? C'est sans doute encore quelques auteurs. — Taisez-
vous, impertinent, reprit le der-
nier : mais il sourioit en le faisant
taire. Comment, murmuroit Auguste entre ses dents, nous serons
le jouet de cette canaille ! Je ré-
pétois humblement le sujet de
notre visite à notre second inter-
rogateur. Soyez le bien venu, me
dit-il d'un air assez gracieux,
madame de M..... protège les
lettres, elle les cultive même avec
succès. C'est votre bonne étoile
qui vous a conduits ici, et vous
allez passer une soirée charmante

dans un cercle nombreux et choisi.

Il nous introduisit en effet dans un salon, où se trouvoient réunies une vingtaine de personnes de toutes figures et de tout âge, et nous présenta sous le nom de deux jeunes voyageurs égarés. La maîtresse de la maison vint à nous, nous fit l'accueil le plus aimable. Nous répondîmes de manière à lui donner bonne opinion de nous, Elle nous fit des questions pleines d'intérêt, se plaignit de ce que l'on ne nous avoit pas adressés à elle... Enfin, l'on vint annoncer que l'on avoit servi. Quelle nouvelle ! !

Madame de M... nous fit placer à ses côtés. Vous devinez que toutes nos peines étoient oubliées. Nous mangeâmes d'abord en vrais auteurs, et sans faire la moindre attention à ce qui se passoit autour de nous ; mais dès que nous devînmes capables de faire quelques remarques, nous fûmes frappés l'un et l'autre de la tristesse, de la sombre mélancolie qui étoient peintes sur presque tous les visages. On nous regardoit avec envie ; nous entendions murmurer, qu'ils sont jeunes ! quelle présomption ! et toutes ces exclamations étoient accompagnées d'un rire amer, et d'un air de hauteur singulièrement comique.

Madame de M.... s'aperçut de notre étonnement. Ces messieurs, me dit-elle à voix basse, viennent de faire le voyage que vous entreprenez ; et parce qu'ils n'ont pas été heureux, ils croyent le succès impossible. — Comment tous ces messieurs ont échoué! Je n'ai plus d'espérance. — Allons, allons, vous êtes trop modeste; il n'y a pas de comparaison. Avec votre physionomie, et deux yeux pleins d'esprit comme les vôtres, on est toujours sûr de réussir... Elle me regarda en même - tems avec une expression si vive que je fus électrisé. Toutes les réflexions que j'avois faites, toutes les sages résolutions que j'avois prises s'évanouirent en un instant. Ce que madame de M.... me disoit étoit d'autant plus dangereux qu'elle avoit une figure charmante; et de quoi ne se croiroit-on pas capable dans une pareille situation!

Auguste recevoit de son côté

les mêmes œillades, les mêmes
encouragemens : il se croyoit
comme moi bien au - dessus de
nos rivaux. Le souper lui avoit
d'ailleurs rendu toute sa belle humeur. Il parla avec tant de har-
diesse, répondit si heureusement,
déraisonna si à propos quand on
le serroit de trop près, qu'il fut
pris généralement pour un auteur
connu qui gardoit l'anonyme.

Après souper madame de M...
nous présenta son mari. Nous
l'avions reconnu au soin qu'il avoit
pris de servir, et à la manière
plaisante et maligne dont sa chère
moitié avoit obligeamment inter-
prété ses phrases, chaque fois
qu'il s'étoit mêlé de la conversation. C'étoit un fort brave homme ;
mais il n'étoit connu , dans sa

maison comme dans le monde, que sous le nom de mari de madame de M....

La soirée se passa comme le souper. On parla sciences, littérature, poésie. Je parlai beaucoup, et notre aimable protectrice rit de tout. La mauvaise humeur de nos convives en redoubla; ils prirent le parti, comme d'un commun accord, de nous céder la place, et se retirèrent l'un après l'autre. Le mari suivit.

Madame de M... nous fit alors asseoir auprès d'un canapé sur lequel elle étoit couchée négligemment. Elle parla d'abord sur différens sujets, avec autant d'esprit que d'agrément; mais bientôt la conversation parut beaucoup moins l'intéresser. Elle nous demanda, d'un air distrait, quel genre nous avions choisi, et, presque sans attendre notre réponse, elle nous pria de lui faire voir quelques-uns de nos essais. Enchanté, je tirais déjà mon porte-feuille de ma poche, quand Auguste m'arrêta par un regard expressif, et se hâta de la conjurer au contraire de vouloir bien mettre le comble à ses bontés, en nous lisant quelques-unes de ses productions. Je compris combien je manquois d'usage, et que la demande de madame de M...,. n'étoit qu'une manière adroite de nous amener à lui parler de ses ouvrages.

En effet, enchantée de ce que nous venions si à propos au secours de son amour-propre, elle reprit, en souriant alors de l'air le plus satisfait : mais, que voulez - vous que je vous lise ? D'ailleurs, parce que j'aime les lettres, est-ce une raison pour que je sois auteur ? (Déjà elle s'étoit levée). Charmante modestie ! s'écria Auguste ; combien elle augmente le desir que nous avons de vous entendre ! — Au moins j'exige que vous n'en parliez à personne ; car savez-vous que c'est vraiment une marque de confiance que je vais vous donner ; mais je veux, sur-tout, de la franchise.

Elle ouvroit un petit secrétaire dont elle tira une demi-douzaine de petits cahiers musqués et de toutes couleurs, qu'elle se mit à parcourir avec incertitude.

Auguste se jeta dessus avec une

indiscrétion qui me fit rougir pour lui, mais dont elle lui sut très-bon gré, car elle ne les défendit qu'en appuyant légèrement la main dessus. C'est affreux, c'est affreux! s'écrioit-elle! votre ami est bien plus aimable que vous, aussi je veux l'en récompenser; tenez.... Comme vous êtes le plus raisonnable, lisez ceci. Elle craignoit apparemment que je restasse simple spectateur.

Cependant Auguste s'extasioit, et je m'extasiai. — Je gage que vous êtes à tel passage? — Précisément, madame. —Continuez, continuez;... Eh bien? — Quelle finesse! — Oh! point de flatterie; mais j'avoue que je suis assez contente de ce passage. Et celui-ci... Et celui-là... J'étouffois

de rire ; heureusement elle se re-
tourna vers son secrétaire.

Oh ! pour ceci, dit - elle en
s'emparant d'un nouveau cahier,
je veux moi - même vous le lire ;
nous nous rassîmes avec empressement, et elle commença d'un
ton sentimental et ému.... Plan
d'éducation pour mes enfans...
Au moment, un petit bonhomme
que nous avions remarqué au
souper, et qu'elle croyoit sans
doute, aussi bien que nous, en-
dormi depuis long - temps, entra
tout en pleurs, en se plaignant
d'un valet avec lequel il jouoit
dans l'antichambre. Quel ennui !
s'écria la mère piquée d'être in-
terrompue. Je vous ai déjà dit
mille fois, monsieur, combien
j'étois importunée de vos cris. Si

vous eussiez été couché, cela ne vous seroit pas arrivé; et elle le mit brusquement à la porte.

Minuit sonna. — Comment, déjà! il est trop tard pour continuer ma lecture; car je veux absolument que vous me lisiez quelque chose avant que nous ne nous séparions. Certes j'ai fait un acte d'assez grande complaisance, pour que vous en ayez un peu à votre tour.

Auguste, qui au fond n'étoit pas moins complaisant qu'elle, et qui crut le moment venu, se mit en devoir de commencer. Elle l'arrêta. — Mais non, je ne veux pas abuser. Pauvres malheureux! vous devez être harassés! et sans doute demain vous partirez de bonne heure. Je vous somme, au retour, de me dédommager.

Après les complimens d'usage, nous nous retirâmes dans notre appartement. Je suis vengé, je suis vengé, dis-je à mon ami, en éclatant de rire; on ne t'a pas plus écouté que moi. Tu aurois au moins dû profiter de la leçon que tu venois de me donner. — C'est vrai : mais je pardonne à madame de M... en reconnoissance de ce qu'elle a su nous distinguer de tous les autres voyageurs. — A propos, que penses-tu de toutes ces figures de mauvaise humeur? Que nous présagent-elles? — Bah! ce sont des sots. Que voulois-tu que les muses fissent de ces gens-là? — Et la dame? *Quelle charmante modestie !* pour me servir de *tes* expressions. — Allons, ingrat, songez à l'appétit que vous aviez en arrivant chez elle. D'ailleurs, crois-tu bonnement qu'elle tienne maison ouverte, tout exprès pour écouter les ouvrages des autres? ce ne peut être que pour avoir sous la main des gens toujours prêts à écouter les siens; et ses soupers sont trop bons pour que ses productions ne soient pas trouvées excellentes. Moi, j'avoue que j'étois si reconnoissant de la bonne chère qu'elle venoit de nous faire faire, que j'ai cru ne pouvoir trop la louer pour m'acquitter. Et puis au fond elle est aimable. Cette femme a vraiment de l'esprit, du tact; elle nous a fait l'accueil le plus gracieux; que ne nous a-t-elle pas dit d'obligeant et d'encourageant?

4.

— Je n'ai jamais vu deux *amours-propres* de meilleure intelligence que les vôtres, et entre auteurs c'est trop rare pour que je ne t'en fasse pas mon compliment. — Tu es insupportable ! n'étois-tu pas de moitié dans tout ce qu'elle m'a dit de flatteur ? — Oui : mais je me méfie de sa sincérité en réfléchissant sur la nôtre.

Pour ne pas désespérer mon ami, je finis cependant par convenir de tout. Il ne formoit plus aucun doute sur le succès de notre voyage ; il avoit oublié, et la réception que nous avoit d'abord faite l'inconnu, et l'insolence des valets de madame de M... Il se recueillit dans les pensées flatteuses que son imagination lui offroit, et nous nous endormîmes.

Le lendemain nous étions sur pied dès l'aube du jour ; mais malgré l'empressement que j'avois de partir, je voulois attendre le lever de madame de M.... pour la remercier de l'accueil aimable que nous en avions reçu ; ne croyant pas que l'espèce d'adieu qu'elle nous avoit fait la veille, pût nous dispenser de ce devoir. Es-tu fou, me dit Auguste ? cela sent l'écolier. Tu ne connois donc pas encore le privilége des auteurs ? Une fois décoré de ce titre, on est dispensé des règles ordinaires. Arrive-t-on dans une maison ? l'on dérange tout le monde, on ne prend garde à personne ; parce que l'on est sensé être distrait et préoccupé. Vous parle-t-on ? on répond, ou l'on ne répond pas ; comme on veut. Pour un homme du monde, cela s'appelleroit être grossier ; mais pour un auteur, cela s'appelle être original, et l'on en rit. On se permet des plaisanteries, des propos, par fois d'une liberté qui, dans tout autre, seroit châtiée ; mais en vous on l'excuse, et vos impertinences sont gentillesses. A table on vous fait asseoir à la meilleure place ; c'est *pour vous* que l'on demande le meilleur vin ; c'est pour se trouver *avec vous* que l'on a invité M. *un tel,* madame *une telle,* à qui vous adressez alors un salut obligé, et qui ne manquent pas de vous dire quelque chose de flatteur. Cependant on vous destine les bons morceaux, et vous buvez et man-

gez en conséquence. Vers la fin du repas vous vous livrez à votre belle humeur, afin que l'on voie qu'elle vous prend immanquablement à table, parce qu'alors c'est toujours là où l'on cherche à vous voir, et où l'on aime à vous inviter. Le repas fini tout le monde vous fête, vous entoure; mais ennemi de toute contrainte, pour peu que le plaisir vous appelle ailleurs, vous choisissez votre belle pour vous sauver, laissant chacun surpris d'apprendre que vous êtes déjà bien loin; procédé que vos admirateurs ne manquent pas de déguiser sous quelques noms honnêtes. Ne disons donc adieu à personne, et continuons notre route. Seulement en passant devant l'offiçe,

tâchons de mettre quelque chose
dans notre poche; nous ne savons
pas où nous souperons ce soir,
et l'expérience doit nous servir
de leçon. J'avouai mon ignorance
et nous partîmes.

Pardonne-moi encore quelques
observations, dis-je à Auguste;
le portrait de ce qu'on appelle un
auteur à la mode, que tu viens
de me tracer, peut être vrai;
mais il me paroît y avoir une
grande opposition entre cette
existence bienheureuse et notre
aventure d'hier au soir. — Tu te
mets donc déjà au rang des auteurs à la mode. — De plus ha-
biles que nous ne peuvent-ils pas
avoir aussi jeûné sur cette route?
Nous pouvons le supposer sans
trop d'amour-propre. Cette ré-

flexion nous conduisit à mettre dans la balance le pour et le contre. Sans l'enthousiasme et la prévention de mon ami , qui lui suggéroient mille traits, auxquels je cédois sans en avouer la justesse, elle auroit bien penché du mauvais côté , nous serions revenus sur nos pas; mais le sort en étoit jeté. Je me promis seulement intérieurement de me borner au rôle d'observateur, et de me méfier sur-tout des conseils de mon amour-propre.

La route ne nous offrit rien de nouveau; toujours des obélisques, et Auguste croyoit déjà voir son nom figurer parmi les plus célèbres. Il eut pourtant une inquiétude secrette en voyant revenir plusieurs voyageurs pâles et abattus , dont nous ne pûmes tirer aucun éclaircissement.

Nous en rencontrâmes bientôt un plus grand nombre , et nous aperçûmes , à peu de distance , un groupe nombreux qui barroit le chemin. Aux cris , aux huées qui en partoient, la curiosité nous fit doubler le pas. Nous vîmes cinq à six voyageurs entourés et assaillis par des espèces de diables , à figure humaine , qui ne leur laissoient pas de repos. Ils reprochoient à l'un sa sottise, à l'autre sa folie , à d'autres leur ignorance , à tous leur vanité.

C'étoient des journalistes qui reconduisoient des auteurs malheureux. Ces messieurs se sont emparé de la haute police sur cette route , et ils la font un peu comme des alguazils. Ils sont sans pitié, sans entrailles.

Allons, allons, pauvres hères! délogez sans trompette, leur disoient ces esprits malins. Quoi? vous prétendiez marcher sur les traces de........Eh! pourquoi pas? disoit un autre, en riant d'un rire diabolique; là où passe le plus beau cheval de course, ne voit-on pas aussi trotter les ânes? Mais toi! vieille commère de coulisse, lui répartit un de ces malheureux! quel titre as-tu, pour parler ainsi? Es-tu poëte? Es-tu....... Il ne put achever; les éclats de rire redoublèrent.

La fureur des éconduits étoit à son comble. Tout-à-coup d'autres diables (si, toutefois, on peut leur donner ce nom, tant ils

se montrèrent *pitoyables*), s'avi-
sèrent de prendre parti pour les
bannis. Ils se répandirent en injures et en invectives contre leurs
camarades ; ils en dirent tant et
tant, que les premiers commen-
cèrent aussi à s'échauffer. Ce fut
alors qu'il se dit des sottises!!!...
Mais bientôt elles furent épui-
sées, et au défaut d'injures, ils
finirent par se jeter de la boue
comme de vrais polissons. Quel
tumulte! quel scandale!

Auguste rioit comme un fou;
moi, j'avoue que j'étois effrayé;
je me voyois déjà dans les griffes
des lutins: je ne concevois pas là
gaîté de mon ami. Je pense, me
dit-il, à nos tristes convives d'hier.
Probablement ils venoient d'é-
prouver ce gentil accueil; je ne

m'étonne plus de leur belle humeur. Quelle figure ils ont dû faire ici ? — Pense plutôt à celle que nous allons faire nous-mêmes. — La frayeur te trouble l'esprit ; tu ne remarques pas que ce ne sont que les revenans que l'on reconduit de la sorte. Tant pire pour les sots qui s'y exposent. Moi, je trouve cela fort plaisant, et tu me permettras d'en rire. — Oui ; mais au retour. — Tu me fais pitié ! Tu ne conçois donc pas que, sans cette sévérité, cette route ne seroit pas sûre. A présent, sur-tout, que les auteurs se sont si fort multipliés, s'il n'y avoit pas de police pour les contenir, ces pauvres affamés finiroient par former des bandes ; ils forceroient les passans à acheter

leurs ouvrages ; que sait-on ?
peut-être même à les lire ? Dans
cette crainte, il est bon que la
république des lettres ait des es-
pions qui l'avertissent, qu'*un tel*
médite un mauvais plan ; que *tel*
autre débite ses drogues sous un
nouveau nom ; que *tels* et *tels* se
sont réunis pour dépouiller les
morts et piller les vivans. Par là
on peut arrêter une mauvaise
édition, on peut étouffer de mé-
chans desseins, on peut prévenir
des œuvres détestables. — Je suis
assez de ton avis ; jusques-là tout
va bien. On doit même autoriser
messieurs de l'inquisition à rap-
peler, à l'appui de leurs dénon-
ciations, tous les jugemens rendus précédemment contre les
coupables. Mais je voudrois plus

de douceur dans l'exécution ; je
voudrois qu'après avoir prouvé,
sans aigreur, sans injures piquantes, à ces pauvres aveugles
qu'ils se sont trompés, et qu'ils
suivent la route justement oppo-
sée à celle dans laquelle ils sont
destinés à cheminer, je voudrois,
dis-je, que l'on se contentât de
leur faire tourner le dos au Parnasse, en leur disant : Allez, et
ne composez plus. Que ceux qui
s'obstineroient à revenir, qu'ils
soient livrés alors aux démons de
la critique, j'y consens ; mais à
condition, je le répète, que ce
soit une leçon, et non un supplice. Que ce soit une lutte, où
l'athlète vigoureux terrasse, au
milieu des applaudissemens du
public, son ridicule adversaire ;

5.

mais grace pour les horions et les gourmades qui ne divertissent que la canaille. Sur-tout que ces messieurs n'occupent pas les spectateurs de leurs querelles particulières.

Pendant que je faisois ces charitables réflexions (et je laisse aux rieurs à penser si la crainte de ce qu'il pouvoit nous arriver ne me les inspiroit pas au moins autant que l'amour du prochain) les exécutions continuoient.

Un voyageur avoit cru pouvoir échapper, pendant la bataille, à la vigilance de la police. Il commençoit à gagner du terrain..... Alte là, lui cria un des maudits argus ! Qui êtes-vous, monsieur le fuyard ? je crois que j'ai votre signalement..... voyons, voyons

vos papiers; il les montra en rougissant. — Hum! ce titre là m'est
suspect!.... j'ai bien peur que
ce ne soit encore un déguise-
ment........ ah! ah! maître
frippon! ajouta-t-il après avoir
parcouru l'ouvrage; je vous ai
vu brûler *in-octavo*, et vous osez
ressusciter *in - douze*? Haro!
haro!..... En un instant il fut
assailli et reconduit comme les
autres.

Tout cela commence à m'in-
quiéter, me dit Auguste; il faut
pourtant en finir; de la présence
d'esprit et du courage.... pré-
sentons-nous.

On ne manqua pas de nous arrêter; nous tirâmes hardiment
nos petits manuscrits. Passez,
messieurs, nous dit en souriant

celui qui nous avoit arrêtés. Les manuscrits ne sont pas de notre ressort. Notre emploi est de défendre le public, et ce n'est qu'en se faisant imprimer que l'on est censé s'attaquer à lui. Quand on se borne à ennuyer ses parens et ses amis, on est à l'abri de notre censure. Car, enfin, cela suppose de l'accord entre l'ennuyant et l'ennuyé, et c'est à ceux qui se trouvent dupes de ces petites complaisances domestiques, à s'en faire justice.

Auguste, qui ne trouvoit pas la rédaction de notre *laissez passer* très-honnête, vouloit répliquer : je me hâtai de lui couper la parole. N'es-tu pas trop heureux, lui dis-je ? Otons notre chapeau, et sauvons-nous. Bientôt nous fûmes loin de ce pas dangereux.

Enfin, après quelques heures de fatigue, nous aperçûmes le Mont-Sacré. Colomb, en découvrant un nouveau monde, ne ressentit pas plus de plaisir, ne conçut pas plus d'espérances que nous dans cet instant. Je ne parlerai pas du temps qu'il nous fallut pour arriver à ce but si desiré; car je ne l'ai exactement pas vécu. Je fus frappé de la hauteur de la montagne; elle ne me parut accessible d'aucun côté. Sur le sommet s'élevoit un temple d'une architecture élégante, que je devinai être le séjour des Muses; au pied l'on remarquoit une vaste enceinte, dans laquelle tous les voyageurs nous parurent réunis.

Persuadés qu'ils tenoient con-

seil pour aviser au moyen de
tenter l'escalade, nous nous hâ-
tâmes de les joindre : mais au
silence qui régnoit d'abord, suc-
cédèrent tout-à-coup un bruit
confus et de grands éclats de
rire. Curieux d'en connoître la
cause, nous nous mêlâmes dans
la foule. Nous vîmes avec étonnement un homme à qui l'on venoit de bander les yeux, et que
l'on guinda plaisamment sur un
âne, après lui avoir fait faire plusieurs tours sur lui-même comme
à un Collin-Maillard. A l'air fier
dont il se plaça en selle, à la manière élégante dont il rassembla
les rênes, à la joie qui brilloit
sur ce qui restoit apparent de
son visage, vous eussiez cru voir
Alexandre domptant Bucéphale.

Tout le monde étouffoit de rire , et j'attendois avec impatience le dénouement de cette plaisante pantomime. Enfin notre homme , après une invocation poétique, porta le corps en avant, approcha les jambes , et fit tous les mouvemens d'un homme qui se lance dans la carrière sur un cheval de course..... Dieux ! que je suis élevé., s'écria-t-il l'instant d'après ! Le pauvre âne n'avait bougé , personne ne répondoit ; mais quelqu'un piqua la monture qui parut faite à ce manége , et se défit du cavalier en trois ou quatre ruades. Ah ! mon dieu ! s'écrièrent plusieurs personnes , en l'entourant , et en lui témoignant un intérêt que démentoit leur sourire , ne vous êtes vous pas fait de mal? On l'emmène, on lui débande les yeux, et chacun le prie, avec un perfide empressement, de raconter ce qu'il a vu. Je fus tout étonné de l'entendre nous faire le récit de ses aventures, comme Don Quichotte après son voyage sur Chevillard.

Déjà, disoit-il, je touchois au terme glorieux de mes travaux, j'allois m'élancer sur le Mont-Sacré, quand l'envie, paroissant tout-à-coup, m'a repoussé avec fureur. J'aurois bien su lui résister; mais Pégase, effrayé de ses cris, a pris lâchement la fuite, et j'ai perdu l'équilibre en faisant de vains efforts pour l'arrêter. On m'avait bien prévenu qu'il étoit un peu lunatique; mais.....

Mon dieu ! lui dit-on de toute part, ce n'est pas de votre faute, si ce maudit animal est ombrageux. — C'est vrai ; on ne le monte pas assez depuis long-tems ; mais je saurai bien le dompter. Patience, patience, j'ai sous presse un petit ouvrage avec lequel j'espère bien le gouverner. Au reste, messieurs, ajouta-t-il en souriant, cela vaut toujours beaucoup mieux que d'avoir été figurer sur l'âne ? — Sûrement ; à coup sûr. Il se retira enchanté.

Auguste et moi nous nous regardions avec surprise, nous nous fatiguions inutilement l'esprit à chercher le but de ces mauvaises plaisanteries. Où sommes-nous donc ? me disoit-il ; je n'ai jamais entendu dire un mot de toutes ces épreuves.

Je m'adressai alors à un de mes voisins pour savoir ce que cela signifioit. Ah ! monsieur arrive, me dit-il, et sa figure ajoutoit : voilà encore un pauvre sot dont nous allons nous amuser. Je vais vous mettre au fait en deux mots. Le Parnasse, comme vous voyez, est inaccessible ; mais quand un voyageur est digne d'y être admis, on lui présente le cheval Pégase, qui étendant aussitôt les ailes, le transporte en un instant au sommet, et la renommée fait retentir son nom; s'il est indigne de cet honneur, pour le punir de la sotte témérité qu'il a eue d'y prétendre, on le condamne à être le jouet de la multitude. On commence par lui bander les yeux pour figurer son aveuglement, on l'affuble ensuite d'un costume burlesque, et l'on finit par le faire monter sur cet âne, qui ne manque pas, en quelques ruades, de le désarçonner. Alors on le persiffle ; ou bien on le hue tout bonnement. S'il se fâche, on redouble, car chacun est en droit de rire de son ridicule. Mais il est bien peu de voyageurs que cette leçon corrige ; ils croient presque toujours de bonne foi qu'ils ont monté Pégase, et l'exemple ici n'a point d'empire. C'est bien vrai, dis-je en moi-même ; on ne se voit jamais sur l'âne, mais on rit toujours d'y voir son voisin. — Et quel est ce costume dont vous me parliez ? — Il varie ; mais en général, la couleur est boue de Paris, le chapeau rond avec une grande cocarde de papier sur le devant, surmontée d'une plume assortie au caractère connu du personnage. Plume de paon pour l'un, de coq pour l'autre, de dindons pour beaucoup, de corbeaux, de hibous pour les sombres imitateurs de certains ouvrages anglais..... Mais tenez, tenez.... remarquez celui-ci... — Eh ! mon dieu ! je crois que c'est monsieur..... que vient-il faire ici ? Je vois sa gravité, son nom et son amour-propre bien près d'être compromis. J'espère au moins qu'il ne sera pas berné comme les autres ; on respectera

le rang qu'il tient dans le monde.
— Eh ! qu'est-ce que cela a de
commun ? Personne ne lui dis-
pute le mérite d'avoir une grande
fortune, et le meilleur cuisinier
de Paris ; mais parce qu'il a souvent à sa table des auteurs, des
gens à talent, il a cru pouvoir,
à son tour, venir s'asseoir auprès
d'eux au Parnasse, et voilà la
sottise. Il est né pour payer des
livres et non pour en créer.

En effet, on lui fit endosser,
sans ménagement, un habit complet de berger, parce qu'il ne
rêvoit qu'idylles et pastorales, et
bientôt il subit le sort qui lui étoit
réservé. La chute fit tomber le
bandeau. Jugez quelle fut sa surprise et son indignation, en se
voyant dans un tel costume au
6.

milieu d'une troupe d'écervelés,
riant à ses dépens. Polissons !
s'écria-t-il avec fureur, me pre-
nez-vous pour votre jouet ? J'é-
tois assez bon pour recevoir chez
moi vos pareils ; mais qu'ils osent
maintenant s'y présenter. Ah !
monsieur, lui dit un plaisant de
la troupe, vous ne tiendrez pas
à l'appas flatteur d'une dédicace ;
n'êtes-vous pas notre Mécènes ?
— Je vous ai fait trop d'honneur
en me mêlant parmi vous. Savez-
vous bien qui je suis ?..... La
querelle alloit s'échauffer. Vous
êtes, lui dit un juge en l'arrêtant,
un mauvais poète, et rien de
plus. En endossant l'uniforme,
il ne vous est resté que ce titre,
et chacun a le droit de se moquer
de vous. Monsieur le juge, ré-

pliqua le pauvre homme, en se démenant comme un possédé, avec votre petit air ironique, et votre petite voix mielleuse, savez-vous que je peux......vous faire donner des coups de canne? —Monsieur, je crois que c'est en effet la seule réponse dont vous soyez capable; mais comme elle n'est pas sans réplique, tenez-vous en, croyez-moi, à la proposition qui me paroît vous être familière. Les huées redoublèrent; il s'en alla en écumant de rage, et en faisant mille menaces. Scène burlesque, mais qui n'est pas sans exemple.

Je n'en avois pas été tellement occupé que je n'eusse remarqué tout ce que m'avoit dit mon voisin; entre autres un groupe nombreux de voyageurs , au milieu duquel j'aperçus le véritable Pégase. Nous nous en approchâmes avec empressement , espérant que nous verrions peut-être faire quelqu'épreuve plus heureuse que celles dont nous venions d'être témoins.

Mais, chose inouie! et que j'ose à peine raconter ! nous vîmes arriver des auteurs grecs et latins! D'où venoient-ils ?...Je n'en sais rien. Je dirois bien plutôt d'où ils ne venoient pas.....

Tout-à-coup on cria, à genoux, à genoux, c'est Homère. Tout le monde se prosterna , ainsi que l'ont fait et le feront , je crois, toutes les générations passées , présentes et à venir. Je remarquai pourtant avec peine quelques jeunes fats qui ricannoient entre eux, en s'inclinant légèrement, comme font quelquefois certains esprits forts dans les lieux saints.

Le poète monta avec noblesse sur Pégase, qui sembloit s'énorgueillir de le porter, et étendoit déjà les ailes pour s'élever, quand un voyageur s'élança subitement en criant (1) : *Kirié éléison, kirié éléison.....* Seigneur, je vous ai traduit en français ; de grace

____

(1) Des critiques instruits et judicieux m'observeront sûrement que kirié éléison s'est toujours traduit par, ayez pitié de nous, et non pas, ayez pitié de moi. C'est juste ; cette exclamation m'a choqué comme eux : mais qu'y faire ? je ne suis qu'historien.

prenez-moi en croupe. Homère
lui adressa quelques mots avec
bonté ; mais notre pauvre com-
patriote, plus habitué à le lire
qu'à l'entendre, ne comprit pas
ce qu'il lui disoit ; probablement
il lui conseilloit de s'éloigner ;
car, au moment où il s'approcha,
Pégase lui lança une ruade en
s'envolant avec le poète.

Cela n'étoit pas encourageant,
vous en conviendrez ; mais exis-
te-t-il quelque chose d'assez fort
pour vaincre l'amour-propre d'un
auteur ?

Pendant que l'on causoit de
l'aventure, nous voyons un être
en costume romain s'élancer légèrement sur Pégase, qui hennit
avec fierté. Tous les yeux se di-
rigent sur lui ; c'est Virgile, dit on

de toutes parts : au même moment
trois ou quatre voyageurs, rayon-
nans de joie, se précipitent vers
lui en agitant en l'air des manuscrits. C'étoient encore des tra-
ducteurs qui se figuroient que
Virgile ne pouvoit pas honnêtement, en conscience même, refuser de les faire monter avec lui.
Honnêtement ! passe..... mais en
conscience !...... Ils eurent pourtant un peu d'espoir, car il s'arrêta quelques instans, comme
cherchant quelqu'un parmi eux ;
mais ce traducteur unique ne s'y
trouva point.

Ennuyé des cris de cette canaille, qui tiroit le pauvre cheval
par la queue, s'accrochoit à une
jambe, se pendoit à la crinière,
le poète partit ; et Pégase les

secoua comme des mouches im-
portunes.

Vingt autres éprouvèrent le même sort, en se réclamant de leurs patrons. Il faut que ce ne soit pas eux, disoient-ils tous avec étonnement! ils ne seroient pas partis sans nous; car, traduire ou monter en croupe, n'est-ce pas la même chose? D'ailleurs, de combien de gens ne seroient-ils pas ignorés sans nous! Ainsi, ne fût-ce que par reconnaissance, c'étoit bien la moindre chose qu'ils pussent faire que de nous présenter là haut.

Nous fûmes distraits de cette scène par une nouvelle épreuve que l'on préparoit. On bandoit les yeux à un petit homme maigre, noir de peau comme d'habit. Son maintien étoit suppliant , et la crainte ajoutoit à l'air piteux de toute sa personne. Il intéressa, les rires cessèrent, chacun fit des vœux pour lui. Si celui-là tombe, disoit-on tout bas, il ne se relevera pas : mais ce tribunal est sans pitié. On examina son manuscrit , et nous vîmes , avec peine, qu'il étoit destiné à l'âne. En effet on l'y conduisit.

Le pauvre malheureux ne fut pas plutôt enfourché que, par une triste fatalité, il se crut sur Pégase. Il renaissoit ;... mais il perdit tout d'un coup ses espérances avec l'équilibre. Je suis donc perdu, s'écrioit-il douloureusement!! que deviendront ma femme, mes enfans, que je nourris depuis si long-tems de l'es-

poir de mes succès, et des pro-
messes de mon libraire? J'ai tout
sacrifié à cette folle manie ; je
pouvois occuper des emplois, je
les ai dédaignés ; j'ai mangé ce
que je possédois avec autant de
sécurité que si je me fusse reposé
sur un trésor. Ah ! maudites
louanges ! maudit jour où je m'a-
visai de rimer. Il s'éloigna.

Je le suivis par pitié, craignant
qu'il ne se livrât à quelqu'acte de
désespoir ; et je le vis se diriger
vers une boutique de libraire qui
étoit à peu de distance. Je suis
mort, s'écria le pauvre homme
en entrant, et en se laissant tomber dans un fauteuil. Le libraire,
effrayé, lui apporta vîte un verre
d'eau. Un verre d'eau ! continua
amèrement l'auteur ; je sais bien

que voilà tout ce que vous m'of-
frirez à l'avenir. — Comment,
monsieur, que vous est-il donc
arrivé ? — Eh ! ne le devinez-
vous pas ? Je viens de subir la
fatale épreuve ; je suis ruiné, je
suis perdu, je ne sais où cacher
ma honte et mon désespoir. —
Allons donc, monsieur, reprit
le libraire, ne vous découragez
pas ainsi ; croyez-vous être seul ?
Vous êtes, je vous en réponds,
en bonne et nombreuse compagnie. Comment voulez-vous être
remarqué dans la foule ? Votre
malheur, d'ailleurs, n'est pas
sans remède. Laissez-moi votre
manuscrit, nous changerons le
titre, nous en mettrons un qui
pique la curiosité, une jolie gra-
vure, et l'ouvrage se vendra. Il

y a tant de gens qui n'ont rien à
faire ! — Ah ! vous me rendez la
vie. Je n'ai qu'une crainte : si
les maudits journalistes éventent
notre ruse, ils publieront partout
leur découverte, et ma confusion
n'en sera que plus grande. — Eh !
mon dieu, laissez-les faire, ils
ne sont pas si diables qu'ils sont
noirs. Soyez sûr qu'au fond ils
seroient bien fâchés que leurs
critiques découragçassent entiè-
rement les auteurs. Que devien-
droient-ils, s'il ne paroissoit que
de bons ouvrages ? Que seroient-
ils de tout leur esprit ? Plus de
ces mots piquans, de ces traits
malins qui trouvent toujours des
rieurs, même parmi ceux à qui
ils s'adressent ; et par-là que de
vides dans les feuilletons ! Tou-

jours louer est si monotone ! Il
faudroit que leurs feuilles épu-
rées devinssent des espèces de
cours de littérature qui ne pour-
roient plus être goûtés que des
gens sages et instruits. Vous voyez
bien qu'ils seroient ruinés. — Ah!
jamais nous ne verrons cela !! Ils
auront toujours pour eux les sots
et les ignorans , qui sont trop
heureux de pouvoir acheter des
jugemens tout faits , qui les dis-
pensent du soin d'en former eux-
mêmes ; cela demanderoit de
l'étude et de l'instruction , et il
est beaucoup plus court de s'a-
bonner à un journal.

Il fut interrompu par un jeune
homme qui apportoit un petit manuscrit. Ce manuscrit contenoit
au plus une vingtaine de pages ,

7.

quoiqu'il fût décoré du titre de poëme, et divisé en quatre chants. Le libraire, tout aguéri qu'il étoit, en parut étourdi. Monsieur, dit-il avec incertitude au jeune poëte, ceci est sans doute le plan d'un ouvrage? Le plan!.. reprit l'auteur, en souriant avec suffisance ; quand vous l'aurez lu, mon ami, vous m'en direz votre avis. Vous ne remarquez donc pas qu'il y a des numéros au bout de chaque vers ; et voici, ajouta-t-il, en tirant de sa poche un volume de paperasses, les notes auxquelles ces numéros renvoyent. Ah ! je respire, dit le libraire. Ce n'est pas que je ne me fusse tiré de ce pas difficile ; car, en faisant choix d'un petit format et d'un gros caractère, en

ménageant avec goût les marges
et les interlignes, j'aurois sans
doute réussi à former un volume;
mais avec le secours des notes
nous en ferons tant que vous
voudrez.

Dans ce moment j'entendis Auguste m'appeler; je me doutai
qu'il y avait quelque nouvelle
aventure, et je me hâtai de le
rejoindre.

Gare, gare, crioit un grand
homme élancé, en faisant dé-
ranger tout le monde sans avoir
l'air de voir personne. Cet original s'avança vers Pégase en fre-
donnant, et il se mit en devoir
de le monter avec autant d'assurance qu'en auroit un écuyer dans
son manège. Déjà il avoit un pied
dans l'étrier : qui êtes-vous, lui

demanda un juge en le retenant?
Ah! celui-là n'est pas mauvais,
dit notre homme, en se tournant
vers le public, comme si chacun
eût dû le reconnoître; soyez tran-
quille, mon cher; ce n'est pas la
première fois que je fais le voyage; je gage que votre cheval a
plus de mémoire que vous? Tiens,
tiens, Pégase? ajouta-t-il, en lui
présentant des miettes de sa poche enveloppées dans une feuille
de ses ouvrages. Vous devinez la
grimace que fit l'animal, accou-
tumé à l'ambroisie; il ne put
s'empêcher d'éternuer, et mor-
dit bien serré les doigts de l'impertinent. Diable, mon cousin!
dit celui-ci, en secouant la main,
vous êtes bien difficile! je parlerai de vous dans mon premier

ouvrage. Laissez-le passer , dit alors un autre juge , en riant. Le pauvre diable ne fait qu'aller et venir , et de tems en tems on le laisse monter pour s'en amuser. On lui mit donc le bandeau ; mais au lieu de le faire asseoir du bon côté , on lui tourna le nez du côté de la queue. Eh ! où est donc la bride ? crioit-il.... Prenez garde, prenez garde , lui répondit-on ; tenez-vous bien ; Pégase va partir. Il se cramponne , à tout hasard à la croupière , et on l'entendoit répéter en l'air , morbleu ! qu'il a la bouche dure !

Vous jugez comme on rit là haut , en le voyant arriver de la sorte. Il en augura que c'étoit sa renommée qui l'avoit devancé. Eh ! mon dieu ! on pouvoit lui en dire le sujet, sans craindre de l'offenser ; l'idée de n'être pas arrivé comme un autre, l'eût consolé de tout.

Il arrive ainsi quelquefois des auteurs, favorisés du public, que l'on met en selle malgré les juges et le bon sens. Le pauvre Pégase mord son frein, et les transporte en haut, vaille que vaille ; heureusement on ne laisse pas que d'en faire justice, comme vous ne tarderez pas à le voir.

Je n'en finirois pas si je voulois raconter exactement tous les essais, toutes les chutes dont je fus témoin. Enfin, jusqu'à mon ami qui voulut tenter l'aventure, et qui alla, comme les autres, donner du nez par terre. Le plus comique, c'est qu'il me fut impossible de lui persuader qu'il n'étoit tombé que de son haut ; il se crut tombé des nues, et me quitta de fort mauvaise humeur.

Dans ce moment je vis derrière moi une vieille femme, d'une physionomie aimable, qui tiroit mystérieusement quelques voyageurs par le bras, et leur découvroit alors un assortiment complet de lunettes, dans lequel elle les prioit de vouloir bien choisir. Etes-vous folle, ma bonne, disoit l'un ? à moi des lunettes ! Regardez-moi donc bien, disoit l'autre, ai-je l'air d'avoir la vue basse ? — Essayez, essayez, répliquoit la vieille, en souriant, vous en avez peut-être plus de besoin que vous ne pensez. Elle radote, disoient-ils tous, et elle passoit

à d'autres avec aussi peu de succès. Un jeune homme, pourtant,
qui vouloit faire l'aimable et s'a-
muser de son importunité , lui
demanda à essayer ses lunettes.
Attendez, lui dit-elle en le fixant,
je crois que j'ai là votre affaire ;
tenez, regardez tout autour de
vous , ajouta-t-elle , en lui en po-
sant une paire énorme sur le nez ;
et tous les voisins de rire..... Ah!
qu'ils ont l'air sot, s'écria le jeune
homme ! Bon, bon, dit la vieille,
avec satisfaction , le voilà qui
commence à y voir.—Mes amis,
que vous êtes petits ! — Eh ! ni-
gaud , ne vois-tu pas que c'est
l'effet des verres que tu as devant
les yeux ? —Non , non , ce n'est
pas cela; quand je dis petits, c'est-
à-dire que vous m'avez l'air tout

bouffis d'orgueil , d'amour-propre , remplis de prétentions , etc.
en un mot , vous êtes vraiment
comiques. — Sais-tu bien , répli-
qua l'un d'eux , en rougissant de
colère, que la patience commence
à m'échapper. — Ah ! mon ami ,
de grace ne continue pas , ou tu
me feras éclater malgré moi. — La
colère te rend encore plus plaisant ; ces perfides lunettes me
font lire sur ta figure tous les sen-
timens qui se soulèvent en toi ;
c'est de l'effet le plus burlesque.
L'autre alloit répliquer ; ses amis
l'entraînèrent. Laissons-le , disoient-ils, cette femme l'a ensor-
celé. Lui , cependant , se pâmoit
de rire. Ce fut bien autre chose
quand il regarda les autres pré-
tendans, et les épreuves, et même

le Mont-Sacré. Enfin, il remercia affectueusement la vieille, et reprit sur-le-champ le chemin de son village.

Cela m'intrigua; je desirois que cette femme vînt aussi à moi; mais elle se perdit dans la foule. J'ai su, depuis, que c'étoit la raison qui cherchoit, par pitié, à éclairer les voyageurs; mais que rarement elle réussissoit.

Je m'éloignai de la foule en réfléchissant au parti que je devois prendre. Je brûlois du desir de gravir la montagne; mais l'impossibilité me désoloit, et je prévoyois trop bien la suite de l'épreuve, pour oser la risquer.

J'errois donc au hasard, et sans former aucun projet, quand l'Amour se présenta tout-à-coup

devant moi. Il étoit tel que l'esprit l'imagine ; je le reconnus
aussitôt, et voulus me prosterner
à ses pieds ; mais il me retint avec
bonté , et m'adressa en souriant
ces paroles : Comment ! tu es curieux , et tu n'as pas eu l'idée de
m'appeller à ton secours ! En vérité cela ne fait pas honneur à
ton esprit. Il n'y a pas d'écolier
qui ne sache que l'amour conduit
à tout. Vois quelle est ma bonté !
Au lieu de te punir de cet oubli ,
je viens combler tous tes desirs.
Tu désespères de monter au Parnasse , tu te méfie de tes forces ,
c'est un titre pour y arriver. Ne
t'effraye donc plus de ces vains
obstacles. Je conduis en secret
là haut plus de personnes qu'on
ne pense. Il est vrai que souvent

ils n'y font pas un long séjour :
mais quand ce n'est pas par vanité qu'ils ont entrepris le voyage,
je les console facilement. La mé-
diocrité essaye aussi par fois de
produire quelques - uns de ses
protégés ; mais l'entreprise leur
est toujours funeste ; ils retombent
bientôt au pied du rocher, et leurs
vains efforts sont la récréation de
ceux qui se promènent tranquillement dans la plaine. Ainsi,
crois-moi, quand on n'a pas la
force d'invoquer Apollon, il faut
invoquer l'amour. On est toujours
sûr d'être écouté. Si la postérité
ne s'occupe pas de vous, si la
renommée ne publie pas votre
nom, il est répété par cent jolies
bouches que je charge de faire
votre éloge ; cela vaut bien quel-

ques coups de trompette. C'est aussi moi qui ai guidées presque toutes les femmes qui ont franchi ces célèbres écueils.

Il me dit alors de m'attacher à une de ses ailes. J'obéis sans répliquer. J'étois un peux honteux, je l'avoue, d'entrer au Parnasse par le *côté des femmes;* mais j'espérai que l'on ne prendrait pas garde à moi; car, par cette porte là, il y a foule.

En un instant nous fûmes au sommet, et le cœur palpitant de joie, j'entrai dans le premier vestibule du temple des Muses. Oh! pour le coup, je fus en pays de connaissance. Ce vestibule étoit rempli des aimables protégés du dieu qui m'y avoit conduit. J'avoue, cependant, qu'en en reconnoissant quelques-uns, je fus étonné du pouvoir de l'amour.

Vous rencontrez sans cesse dans le monde des gens que j'ai vu là. Mais quelle différence ! Ceux à qui vous voyez faire ici bas le plus de bruit, montrer le plus d'assurance, paroître en conquérans dans les cercles, se mêloient timidement dans la foule. Leur maintien ressembloit à celui des écoliers qui se trouvent pour la première fois en bonne compagnie.

Les plus hardis s'approchoient de la porte du temple, avançoient un pied, puis l'autre, allongeoient le cou, dressoient l'oreille, et se retiroient bien vîte au moindre bruit. Quelques autres, prenant une forte résolution, se lançoient

leur meilleur ouvrage à la main ;
mais bientôt le courage les aban-
donnoit , et ils revenoient sur
leurs pas , éblouis comme le seroit un hibou en apercevant le
soleil. Ils ont pourtant l'effron-
terie de venir ensuite nous conter
que telle muse les protége, qu'A-
pollon leur a parlé ! Oui, peut-
être ; mais pour leur dire, comme
un roi à certain rustre qui se trouvoit sur son passage : *Ote-toi de
là, vilain...* Voilà les complimens
que la plupart en rapportent.

Ne sachant pas trop pour moi
ce que j'avois à faire , ne seroit-il
pas décent, dis-je à l'Amour ,
que j'aille offrir mes hommages
à une muse qui m'a quelquefois
inspiré. Non , non, me répondit-
il en riant ; c'est inutile, elle ne

te connoît pas.... — Comment!
elle ne me connoît pas!! — Eh!
non; quand tu l'as invoquée, c'est
moi qui te répondois. J'étois si
étourdi de ce que je venois d'entendre, que je restai muet.

Je sentis pourtant que mon rôle
pouvoit devenir embarrassant,
puisque j'étois si étranger dans
ce pays. Je me hâtai de prier le
dieu qui pouvoit seul me proté-
ger, de me donner un talisman,
pour que je pusse rester ignoré.
Mais tu n'en as pas besoin, ajouta-t-il encore; sois bien tran-
quille, personne ne te remar-
quera; tais-toi, et observe. Voilà
donc, me dis-je en soupirant,
quel sera mon sort dans le monde!
voilà donc le fruit de mon voyage!
Puisqu'il en est ainsi, au moins

(93)

est-il heureux que je le sache ;
j'aurai trouvé la raison où beaucoup d'autres l'ont perdue.

J'entrai donc effrontément dans
le temple, sur la foi de l'Amour,
et je fus peut-être le premier qui
vis avec satisfaction que je ne
fixois aucuns regards.

Les muses occupoient une ro-
tonde d'une architecture légère,
à jour de tous les côtés, ou, si
on me permet de le dire, ouverte
à tous les vents, et qui dominoit
le rocher au bas duquel les pauvres voyageurs faisoient des ten-
tatives si malheureuses. Elles for-
moient un espèce de cercle au
milieu duquel s'élevoit un trépied
isolé, dont je ne tarderai pas à
faire connoître l'usage.

Plusieurs de ces rares génies

qui ont illustré la terre, s'entre-
tenoient familièrement avec elles.
L'Amour eut la bonté de me les
nommer. Je vis alors arriver un
être dont la présence sembla
étonner. On se parloit à l'oreille,
on souriait. Il aborda Melpomène
d'un air avantageux ; elle rougit
et parut embarrassée d'être for-
cée de le reconnoître. Eh ! mais,
dis-je à l'Amour, je crois que
c'est...... Chut, chut, me répondit-il ; c'est une aventure qui
a étonné tout le monde, et dont
la pauvre muse est encore hon-
teuse. Dans un temps malheureux,
où sa cour étoit déserte, elle a
vu ce poëte, et par un de ces ca-
prices, dont les plus grandes princesses ne sont quelquefois pas
exemptes, elle lui a accordé quel-

ques faveurs. Mais il en fit un
usage si perfide , qu'elle ne tarda
pas à revenir de son aveuglement ,
et cessa d'avoir tout commerce
avec ce furieux. Depuis il a voulu
prendre le masque de la vertu ,
pour faire oublier ses égaremens ;
mais il est condamné à l'oubli , et
cette peine est la plus cruelle que
les dieux puissent infliger aux
auteurs.

Qu'entends-je ! s'écria tout-à-
coup Apollon ? Quel miaulement !
quel charivari ! ! Divines sœurs ,
crioit une voix aigre , daignez
écouter mon chant. Eh ! c'est
mon vieux romancier , dit une
muse , c'est celui qui venoit depuis vingt ans chanter jours e
nuits au pied du rocher , et que
j'ai fait entrer par compassion

dans telle Académie. Eh! non, dit une autre, c'est ce jeune homme que je regardai un jour avec pitié, et qui depuis ne cesse de vanter mon sourire. Je crois, moi, ajouta une troisième, que c'est tout simplement un de ces aveugles qui viennent sans cesse nous demander la charité ; qu'on lui jette quelques vieilles cordes pour mettre à son violon. Gardez-vous en bien, dit Apollon, ou vous serez assiégées par une foule de ces fainéans ; il faudroit les chasser au lieu de les encourager. — Ah! les chasser ; vous êtes trop sévère. Ils nous amusent, avec leurs complimens sur-tout. Aussi nous leur prédisons toujours qu'ils feront fortune. — Eh bien! vous voyez ; vous entretenez la folie de ces malheureux, ils vont ensuite dans le monde se vanter de vos faveurs; on les croit, et d'autres sots veulent les imiter. Delà cette foule de pauvres gens qui végètent au pied du Parnasse, et nous fatiguent les oreilles avec leurs voix enrouées, et leurs violons discordans. — Nous avons une ressource; quand ils vieillissent, ou quand ils deviennent trop importuns, nous les faisons entrer dans quelqu'Académie. — Sans doute, c'est fort charitable; mais au lieu de se taire, ils n'en crient que plus haut. D'ailleurs, c'est insulter aux grands hommes, pour qui ces Académies ont été créées. N'avez-vous pas assez d'autres établissemens pour vous en défaire? Les Athénées, etc....

Je ne sais pas non plus d'où vous vient cet essaim de petits auteurs qui ne valent pas la peine que nous nous donnons de les juger. Il faut qu'il y ait quelque brèche au rocher........

Je n'eus pas plutôt entendu ces derniers mots que je m'esquivai bien vîte, craignant qu'Apollon, que je voyois d'assez mauvaise humeur, ne me trouvât sous sa main, et ne punît dans ma personne la race contre laquelle il se déchaînoit. J'en fus bien fâché pourtant, car on alloit commencer les épreuves.

Eh ! quelles épreuves s'il vous plaît, me direz-vous ? les êtres assez heureux pour arriver au Parnasse , ont-ils encore quelques jugemens à redouter ?—Oui

certainement ; et sans cela il seroit rempli de tous ceux qui y
entrent par ruse, comme j'y étois
entré. On les juge tous les uns
après les autres ; et tel souvent
croit avoir fait un ouvrage subli-
me, se voit impitoyablement condamné à ne jamais s'élever au-
dessus du médiocre ; tel autre,
au contraire, qui paroît en trem-
blant et se croit exilé pour toujours, reçoit des encouragemens, et découvre, sans s'en
douter, les plus heureux talens.
Voici ce que j'ai appris de ces
épreuves.

On introduit les auteurs dans
le temple ; et quand ils ont fait
toutes leurs révérences, et débité
leur petit compliment, on les
place sur le trépied que j'avois

remarqué, dont ils ne connoissent pas le mécanisme.

Ce trépied, par un calcul exact et mesuré, ne peut supporter qu'une certaine dose d'amour-propre, qu'une certaine portion de sottise ; car, par une justice particulière, on passe à un auteur dans son poids un peu de tout cela, et même quelques grains de beaucoup d'autres choses ; mais si tout réuni excède la somme qui lui est accordée, le trépied s'enfonce tout-à-coup avec lui, et il tombe dans les oubliettes.

Comment ! des oubliettes ! quelle horreur ! les malheureux peuvent-ils avoir mérité une pareille punition ? — Rassurez-vous ; n'allez pas, par ce mot d'eubliettes, vous figurer qu'ils soient *hâchés comme chair à pâté.* Ce seroit en effet le massacre des innocens Ils ne sont punis que par où ils ont péché. Il se fait à l'instant de leur chute une séparation subite de l'esprit et de la matière ; et, contre les lois ordinaires de la gravitation, c'est l'esprit qui s'abîme. Jugez de sa légèreté ! Cette chute ne blesse que les petites prétentions, les calculs de la sottise, les espérances dictées par la vanité ; quand toutes ces petites exécutions sont faites, on renvoie le corps tranquillement chez lui.

Ce ne seroit que demi-mal, si ces pauvres diables perdoient le souvenir des illusions flatteuses qui les ont séduits ; mais la plu-

part conservent la manie qui les
a égarés. Ils crient vengeance ,
ils crient à la trahison , au scandale , à l'injustice , veulent citer
leurs juges ; mais à chaque pas
ils s'aperçoivent de l'effet magi-
que des oubliettes ; ils font imprimer des livres , on ne les lit
pas ; ils en citent des passages
charmans , personne ne les écou-
te ; ils font remarquer les pensées
les plus délicates , mais les plus
fins n'y entendent rien ; en un
mot , ils perdent pour toujours
le pouvoir d'en imposer au public. Voilà à quoi se réduit le
supplice des oubliettes.

L'épreuve du trépied ne laisse
pas que d'être plaisante. L'aspirant
s'y place d'abord avec assez d'assurance ; mais comme avant de

l'interroger on lui laisse un quart
d'heure de réflexion, il est bien
rare que durant cet intervalle il ne
perde pas l'équilibre. Toutes les
muses le regardent avec un air de
coquetterie et de rivalité qui lui
tourne la tête. Chacune d'elles
lui lance des œillades à la dé-
robée, et semble lui promettre
mille faveurs. Jugez de l'effet
que produit ce manège sur ceux
qui sont portés à avoir trop bonne
opinion d'eux-mêmes ! Leur ti-
midité s'évanouit ; ils regardent
à leur tour les muses avec la
fierté d'un sultan qui va jeter le
mouchoir; ils voyent leurs rivaux
à leurs pieds ; mais déjà le trépied ne peut plus les porter. D'autres disparoissent tout-à-coup,
par le résultat seul de leurs peu-

sées secrettes. Enfin, l'on n'a pas d'idée du nombre de ceux qui trébuchent. Il en arrive quelquefois de si lourds, qu'ils descendent avant d'être assis ; et ces gens-là, dans le monde, font des poésies légères.

Je demandai à ce sujet ce que devenoient sur le trépied tous ces perfides auteurs d'épîtres aux gens en place, dans lesquelles ils chantent la probité de leurs patrons avec autant de sincérité que la vertu de leurs femmes ? et les innocens faiseurs de vers pour les petits chiens, pour les convalescens........ etc.

On alloit me répondre, quand je me sens tout-à-coup tirer vigoureusement par le bras. — Ne te réveilleras-tu donc jamais, éter-

nel dormeur, me crioit Auguste ?
Quelle fut ma surprise, en en-
tendant sonner onze heures, et
en me retrouvant dans mon lit !

Fin du Voyage au Parnasse.